VENTE

du Mercredi 13 Novembre 1912

HOTEL DROUOT — SALLE N° 11

A DEUX HEURES

EXPOSITION PUBLIQUE

Le Mardi 12 Novembre 1912

de 2 heures à 6 heures

Tableaux Anciens et Modernes

DESSINS - GRAVURES

MINIATURES

OBJETS D'ART — OBJETS DE VITRINE

Meubles Anciens et Modernes

DENTELLES - TAPIS

Mᵉ René BALLU

COMMISSAIRE-PRISEUR

12, Rue de la Victoire

(Successeur de Mᵉ G. COULON)

IMPRIMERIE   ARTISTIQUE
C. CHAUFOUR
8-8, Rue Mérien   PARIS (12°)

CATALOGUE

DES

Tableaux Anciens & Modernes

DESSINS, GRAVURES, MINIATURES

Gouaches

OBJETS D'ART — OBJETS DE VITRINE

BRONZES, FAIENCES, PORCELAINES, TERRES CUITES, ÉMAUX

Belle Pendule émaillée — Argenterie

MEUBLES ANCIENS & MODERNES

Sièges divers, Coffre, Meuble de Salon

DENTELLES — TAPIS D'ORIENT

DONT LA VENTE AUX ENCHÈRES PUBLIQUES AURA LIEU

HOTEL DROUOT - SALLE N° 11

Le Mercredi 13 Novembre 1912

A 2 HEURES

Par le ministère de Me RENÉ BALLU, Commissaire-Priseur

à Paris, Rue de la Victoire, 12

SUCCESSEUR DE M' G. COULON

EXPOSITION PUBLIQUE

Le Mardi 12 Novembre 1912, de 2 heures à 6 heures

CONDITIONS DE LA VENTE

Elle sera faite au comptant.

Les acquéreurs payeront *dix pour cent* en sus des enchères.

L'exposition mettant le public à même de se rendre compte de l'état des objets, il ne sera admis aucune réclamation une fois l'adjudication prononcée.

DÉSIGNATION

TABLEAUX

DESSINS — GRAVURES — GOUACHES

ECOLE FLAMANDE

1 — Les Marchands de tissus.

BOUCHER (Attribué à)

2 — Les Amoureux surpris.

ECOLE FRANÇAISE 1830

3 — Portrait de la comtesse d'Orsay (ovale).

4 — Portrait du comte d'Orsay.

5 — Portrait d'enfant (ovale).

6 — Portrait de petite fille assise.

7 — Portrait : « L'Enfant aux raisins ».

HUBERT-ROBERT (Attribué à)

20 — Vue d'une rivière avec baigneurs et pêcheurs. Ruines de monuments et pyramides.

DECAMPS (Attribué à)

21 — Marché aux bestiaux à Bordeaux.

22 — L'Assassin incendiaire.

CAMPBELL

23 — Lac et montagnes d'Ecosse.

24 — Lac et montagnes d'Ecosse.

CHARDIN (Attribué à)

25 — Nature morte.

LE GRECCO (Attribué à)

26 — La Mort du moine.

ECOLE FRANÇAISE

27 — Portrait de jeune fille. (Pastel ovale).

CHINTREUIL

28 — Paysage.

29 — Paysage.

30 — Paysage.

DELPY H.-C.

31 — Un coin de la Marne.

ECOLE ANGLAISE

32 — Paysage.

Deux pendants.

ECOLE ESPAGNOLE

33 — La Vierge. (Toile.)

ECOLE FRANÇAISE

34 — Paysage. (Cheval dans une prairie.)

MOTTEL

35 — Scènes militaires.

Deux pendants.

JALABERT

36 — Etude de femme. (Toile).

MILLET (Attribué à J.-F.)

37 — Le Laboureur. (Grand dessin.)

DELAROCHE (Paul)

38 — Le Départ de Richelieu. (Gravure.)

39 — Mazarin dans son lit. (Gravure.)

VIGÉE-LEBRUN (Mme)

40 — Portrait de l'artiste. (Gravure.)

TÉNIERS

41 — L'Automne. (Gravure ancienne.)

JONES

42 — Le Patron de la ferme. (Gravure en couleurs.)

43 — Le Couronnement de Voltaire.
Translation de Voltaire au Panthéon. (Gravures.)

44 — Lot important de dessins et gravures.
Sera divisé.

45 — Lot de toiles peintes non encadrées.
Sera divisé.

46 — Petite gravure : Portrait de Frédéric le Grand.

MINIATURES

47 — Portrait de femme. Cadre bois doré.

48 — Sainte Thérèse, sur vélin.

49 — Saint François, sur cuivre.

5o — Saint Gérôme, sur cuivre.

GOUACHES

51 — Vénus et Diane, sur vélin.

52 — Le dauphin Louis XV en armure, sur vélin.

53 — Petite tête du Christ attribuée au TITIEN.

CADRES

54 — Cadre en chêne sculpté et doré, époque Louis XVI.

55 — Cadre en bois sculpté et doré, époque Louis XVI.

56 — Cadre en bois sculpté et doré, époque Louis XIII.

57 — Un lot cadres sculptés et dorés.
   Sera divisé.

ESTAMPES ET DIVERS

58 — Un lot estampes japonaises anciennes.
   Sera divisé.

59 — Un lot gravures chinoises et miniatures persanes anciennes.
   Sera divisé.

60 — Deux albums chinois en couleurs.

61 -- Un lot inscriptions égyptiennes sur papyrus, inscriptions boudhistes.

> Sera divisé.

62 — Un lot tissus brodés anciens.

> Sera divisé.

63 — Un lot gravures françaises noires et en couleurs,
dont deux attribuées à Albert DHÜRER.

PORCELAINES

64 — Une tasse et soucoupe porcelaine de Sèvres, décor
rose.

65 — Une tasse et soucoupe porcelaine de Sèvres, décor
vert.

66 — Deux tasses et soucoupes porcelaine de Sèvres,
médaillons roses.

67 — Une tasse et soucoupe porcelaine de Sèvres, décor
vert et fleurs.

68 — Une tasse et soucoupe porcelaine de Sèvres, décor
rose et fleurs.

69 — Une tasse et soucoupe porcelaine de Sèvres, médaillons verts.

70 — Une tasse et soucoupe porcelaine de Sèvres, guir-
landes de roses.

ARGENTERIE

71 — Un service en argent (14 pièces), comprenant : Service à découper, service à salade, service à poisson, service à fruits.

DENTELLES

72 — 3 mètres dentelle point de Milan.

73 — 2^m60 dentelle point de Venise.

ÉMAUX

74 — Martyr d'une sainte et Crucifixion. Médaillon ovale.

75 — Neptune et l'Enlèvement d'Europe. Médaillon carré.

OBJETS D'ART ET DE VITRINE

76 — Grilloir en cuivre gravé.

77 — Croix processionnelle du xvi⁰ siècle, avec cabochons en cristal de roche et pierres de couleur.

78 — Médaillon-broche ovale or.

79 — Clochette Renaissance en cuivre.

80 — Encrier marbre, monture bronze.

81 — Bas-relief en bronze, buste de Voltaire.

82 — Potence avec animaux en fer forgé.

83 — Bas-relief terre cuite, deux bustes.

84 — Bas-relief terre cuite, buste d'homme.

85 — Deux petits verres en verre vert, écussons émail.

86 — Pendule émaillée sur argent, monture bronze doré, peinture de LUCIEN PÉNET.

87 — Casque ancien du xvi⁰ siècle.

88 — Jumelle de théâtre en mosaïque et ivoire, monture bronze doré ciselé.

89 — Pistolet automatique « Royal » à sept coups.

90 — Un vase grec, iv⁰ siècle avant Jésus-Christ.

Hauteur : 0ᵐ55.

MEUBLES

91 — Meuble de salon bois doré et velours, style Louis XVI comprenant un canapé, deux fauteuils, deux chaises.

92 — Deux chaises légères, bois doré.

93 — Un meuble à encoignure, marqueterie de cuivre. dessus marbre.

94 — Fauteuil époque Louis XIII. en noyer, recouvert de de soierie.

95 — Chaise hollandaise en marqueterie.

96 — Coffre vénitien du XVIe siècle, recouvert de fer repoussé et velours de Gênes.

97 — Petite table cygogne en acajou.

98 — Commode Louis XV, ornée de bronzes,

TAPIS D'ORIENT

ANCIENS ET MODERNES

99 — Tapis Karamanie, ancien.

100 — Tapis d'Orient, fond rouge, grande longueur.

101 — Tapis Debritz, très fin, fond maïs.

4m40×2m90.

102 — Tapis Boccara ancien.

$4^m \times 2^m 50$.

103 — Tapis Boccara ancien.

$2^m 65 \times 2^m 10$.

104 — Tapis Choumac ancien, fond bleu.

$3^m 80 \times 2^m 40$.

105 — Tapis Choumac ancien.

$2^m 90 \times 2^m 18$.

106 — Tapis de galerie, ancien, persan, fond champagne,
poil de chameau.

$4^m 40 \times 1^m 05$.

107 — Tapis Kurd ancien.

$3^m \times 1^m 30$.

108 — Tapis Persan. fond bleu marine, ancien.

$1^m 95 \times 1^m 20$.

109 — Tapis Persan, fond bleu marine, ancien.

$2^m 07 \times 1^m 20$.

110 — Tapis Ladee, fond aubergine.

$2^m 05 \times 1^m 05$.

111 — Tapis Daghestan, fond bleu marine.

$2^m 20 \times 1^m 55$.

112 — Tapis Persan ancien, fond rubis.

$1^m 95 \times 1^m 25$.

113 — Tapis de prière ancien, fond bronze.

$1^m 75 \times 1^m 25$.

114 — Tapis de prière ancien, fond rouge.

$1^m72 \times 1^m10.$

115 — Tapis Koula ancien, fond champagne.

$1^m27 \times 1^m10.$

116 — Tapis Koula ancien, fond champagne.

$2^m10 \times 1^m05.$

117 — Tapis Koula ancien, fond bleu, pierre tombale, XVIe siècle.

$1^m60 \times 1^m.$

118 — Tapis Yordes ancien, fond rubis.

$1^m75 \times 1^m20.$

119 — Tapis Persan ancien, fond bleu marine.

$1^m52 \times 1^m06.$

120 — Tapis Persan ancien, fond vieux rouge.

$1^m90 \times 1^m20.$

121 — Tapis Persan ancien, fond bleu marine.

$2^m \times 1^m.0.$

122 — Tapis Persan ancien, fond ivoire.

$1^m60 \times 0^m95.$

123 — Tapis Persan ancien, fond noir.

$1^m40 \times 0^m95.$

124 — Tapis Persan ancien, fond brique.

$1^m90 \times 1^m25.$

125 — Tapis Persan ancien, fond bleu marine.

$5^m \times 2^m.$

126 — Tapis Persan, fond marron.

$1^m35 \times 0^m84$.

127 — Tapis Persan.

$1^m85 \times 1^m08$.

128 — Karamanie.

129 — Objets omis.